Un día non

$9^{99}

Por Doris Fisher y Dani Sneed
Ilustrado por Karen Lee

A mi hermano—DF

A mi padre—DS

A mis hijos—KL

Los datos de catalogación en información (CIP) están disponibles en la
Biblioteca Nacional

portada dura en Español ISBN: 978-1-60718-6946
eBook en Español ISBN: 978-1-934359471
portada dura en Inglés ISBN: 978-0-976882336
portada suave en Inglés ISBN: 978-1-934359334
eBook en Inglés ISBN: 978-1-607180128

También disponible en cambio de hoja y lectura automática, página en
3era. dimensión, y selección de textos en Inglés y Español y libros de
audio eBooks ISBN: 978-1-607182580

Título original: One Odd Day
Traducido por Rosalyna Toth

Primera impresión de la traducción al español © 2012
Derechos de Autor en Inglés 2006 © por Doris Fisher y Dani Sneed
Derechos de Ilustración 2006 © por Karen Lee
La sección educativa "Para las mentes creativas" puede ser fotocopiada
por el propietario de este libro y por los educadores para su uso en las
aulas de clase.

Elaborado en China, junio, 2012
Este producto se ajusta al CPSIA 2008
Primera Impresión

Sylvan Dell Publishing
Mt. Pleasant, SC 29464

"¡DESPIÉRTATE!", la alarma sonó
cerca de mi cabeza.
Algo estaba raro
cuando me caí de mi cama.

El reloj sólo tenía números
NONES . . . UNO, TRES, CINCO, SIETE
seguidos de los números
NONES . . . NUEVE y ONCE.

Me puse el calcetín número **UNO**
y encontré el zapato oloroso **UNO**
y me puse mis bluyines viejos
y una camisa que estaba nueva.

¡Qué sorpresa!
Descubrí **TRES** mangas.
Una colgaba en mi espalda
mientras me apresuraba a salir.

Me tragué mi desayuno
de pan tostado y huevos,
mientras Princesa, mi perra,
bailaba en **CINCO** patas.

Con **TRES** patas al frente,
ella no se veía igual.
Pero meneaba la cola,
cuando la llamaba por su nombre.

"Aquí está tu almuerzo",
me recordó mi mamá.
Agarra **SIETE** plátanos
y ve a tomar el bus".

Di muchos brincos en el camión
número **NUEVE**,
pensando que mi clase
de la escuela iría bien.

1513

MES NON DE OCTUBRE

1	3	5
7	9	11
13	15	17
19	21	23
25	27	29

Miré el calendario mientras
se subía en la pared.
Sólo tenía números **NONES**,
no **PARES** en lo absoluto.

En la clase de matemáticas,
aprendimos de la maestra
que los números **PARES**
se encuentran entre los **NONES**.

"¡Qué gran noticia!", pensé,
ir afuera a jugar.
Mañana no será
tan **RARO** como hoy.

En la casa, estaba ansioso
por irme a acostar esa noche,
esperando que al siguiente día
mi mundo fuera normal.

Y cuando me desperté,
había **DOS** zapatos olorosos.
Princesa tenía **CUATRO** patas.
Mi día **NON** se había terminado.

Pero ¡esperen!
Ahora mi cuarto tiene **SEIS** puertas y **OCHO** camas.
Hoy debe ser día **PAR**.
¡Mi mamá tiene **DOS** cabezas!

Para las mentes creativas

¡Es tan Raro!

Los números nones no pueden agruparse por parejas—siempre hay uno que se queda sólo, sin par.

Utiliza dulces pequeños, centavos, o botones para contar y clasificar. Coloca los artículos en parejas o con sus compañeros para ver si el número es par o no. Empieza con uno - ¿tiene un compañero? ¿Ahora dos, tres, cuatro, etc?

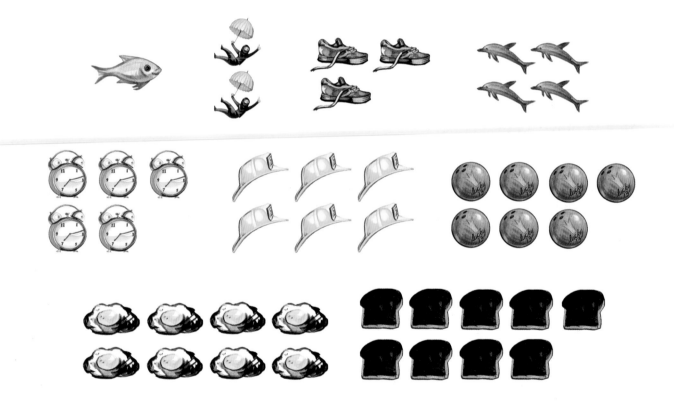

Si añades un número non a un número par, ¿obtendrás un número non o un número par?

Si añades dos números nones juntos, ¿obtendrás un número non o un número par?

¡Qué Raro! ¡Qué extraño!

A diferencia del Español, el cual utiliza diferentes palabras o frases, el idioma Inglés, la palabra "odd" tiene varios significados:

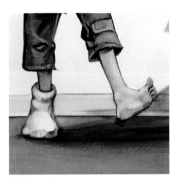

"Odd" en Inglés significa "sin pareja" o "no tener una pareja o un compañero." Por ejemplo, cuando la lavadora "se come" o "se queda" con un calcetín, el otro calcetín se llama "odd sock" o "calcetín sin pareja" (non).

"Odd man out" significa la persona que se queda sin pareja cuando los demás la han encontrado, o "la excepción".

Algo que es "odd" es curioso-a, extraño-a, raro-a. En este libro hay muchas cosas "raras". ¿Puedes encontrar...?

     1 desatornillador
     3 delfines
     5 flamingos
     7 columpios
     9 ninjas

Se le llama "Odd ball" a la persona que se comporta un poco diferente a la mayoría de las personas, (alguno que otro). Algunas veces nos preguntamos *what are the odds* para expresar "¿Cuáles son las probabilidades?"

Tres carros eran negros, dos eran azules y cinco eran blancos. ¿Cuáles son las probabilidades que el siguiente carro que pase sea blanco? ¿Cuáles son las probabilidades de rodar un "6" cuando tiras un dado?

Chispas creativas

Cuando el niño se despierta para encontrarse con que el nuevo día es par; ¿cuáles números crees tú que deberían estar en el reloj? ¿Por qué?

Realiza una criatura muy rara

¡Hay unas criaturas muy raras en esta historia! Realiza tu propia criatura rara de un modelo de barro y pónle un número impar de ojos, alas, patas, etc. ¡Utiliza palillos, clips, botones, y otros objetos que encuentres para crear la criatura más rara que puedas imaginar!

Gráfica

Copia o baja del internet (descarga) esta página y luego colorea los números nones de color amarillo y los pares de color rojo. Opción para niños mayores: colorea los colores primarios de color azul.

0	1	2	3	4	5	6	7	8	9
10	11	12	13	14	15	16	17	18	19
20	21	22	23	24	25	26	27	28	29
30	31	32	33	34	35	36	37	38	39
40	41	42	43	44	45	46	47	48	49
50	51	52	53	54	55	56	57	58	59
60	61	62	63	64	65	66	67	68	69
70	71	72	73	74	75	76	77	78	79
80	81	82	83	84	85	86	87	88	89
90	91	92	93	94	95	96	97	98	99

¿Puedes ver una figura? ¿La puedes describir?
Los números nones siempre terminan en 1, 3, 5, 7, ó 9.
¿Es el número "cero" par o non?
Opcional: ¿Son la mayoría de los números primarios nones o pares? ¿Son todos pares o nones? ¿Por qué o por qué no?